DIARIO de Greg

CON EL AGUA AL CUELLO

Jeff Kinney

RBA LECTORUM

DIARIO DE GREG 15. CON EL AGUA AL CUELLO
Originally published in English under the title *DIARY OF A WIMPY KID:
THE DEEP END*

Wimpy Kid text and illustrations copyright©2020 by Wimpy Kid, Inc.
DIARY OF A WIMPY KID®, WIMPY KID™ and the Greg Heffley cover design™
are trademarks and trade dress of Wimpy Kid, Inc. All rights reserved.

This edition published by agreement with Amulet Books, a division of
Harry N. Abrams, Inc.

Book design by Jeff Kinney
Cover design by Jeff Kinney and Marcie Lawrence

Translation copyright ©2020 by Esteban Morán
Spanish edition copyright ©2020 by RBA LIBROS, S.A.

Lectorum ISBN: 978-1-63245-916-9
Legal deposit: B-19.530-2020

Printed in Spain
10 9 8 7 6 5 4 3 2 1

A RYAN

Jueves

Quiero a mi familia y todo eso, pero no necesito pasar con ellos las veinticuatro horas del día durante los siete días de la semana. Y es JUSTO eso lo que ha sucedido en los últimos tiempos.

Tampoco es que solo sea YO quien ya está harto de esto. TODOS estamos subiéndonos por las paredes y, si las cosas no cambian, acabaremos volviéndonos locos.

Mamá dice que ya está bien de encierro y que necesitamos tomarnos unas vacaciones. En realidad, lo que nos hace falta es perdernos de vista unos a OTROS.

Pero eso no va a suceder a corto plazo, porque estamos SIN BLANCA. Lo cierto es que se trata de una historia muy larga de explicar.

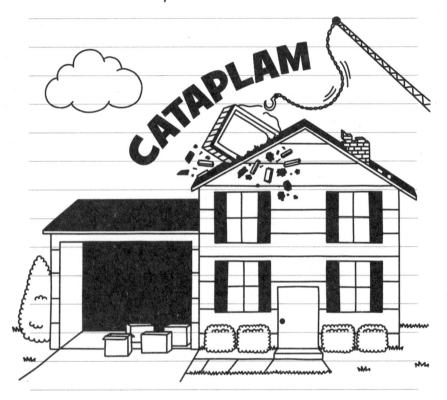

Hace dos meses que vivimos en el sótano de la abuela, y no sé cuánto tiempo más podremos aguantar así. Mamá dice que un día recordaremos esta época con una sonrisa en la cara, pero, claro, no es ella la que tiene que compartir una cama con RODRICK todas las noches.

Todo esto es una locura, porque a la abuela le sobra
espacio en su casa, así que no entiendo por qué
tenemos que estar toda la familia en el sótano.
Nada más llegar pedí la habitación de invitados,
pero la abuela dijo que ya estaba ocupada.

Dudo que a la abuela le entusiasme la idea de que
vivamos con ella, porque cuando vienen sus amigas
nos pide que nos quitemos de en medio.

Y eso es un auténtico problema, la verdad, porque en el sótano no hay baño y a sus amigas NO HAY quien las eche.

Tampoco podemos utilizar la cocina cuando la abuela tiene visitas, lo que significa que no podemos cenar hasta que se han marchado. Anoche Rodrick se cansó de esperar y se puso a calentar un resto de pizza en la secadora de la abuela.

Como no hay televisión en el sótano de la abuela, solo podemos distraernos los unos con los OTROS. Y, créanme, con eso no basta.

Según mamá, aburrirse es bueno porque hace que usemos la imaginación. Y yo lo intento, pero es que siempre termino imaginando las mismas cosas.

Además, para terminar de complicar las cosas, papá tiene que teletrabajar este verano, lo que quiere decir que siempre está por ahí. Y cuando tiene una reunión, los demás debemos fingir que no estamos en casa.

Pero una cosa es decirlo y otra es hacerlo, sobre todo cuando en la familia hay un niño de tres años.

Trato de mantenerme ocupado la mayor parte del tiempo. La abuela guarda un montón de rompecabezas en el sótano y he terminado unos cuantos sin ayuda, pero mamá siempre hace que Manny coloque la última pieza para que se sienta importante.

Yo no creo que mamá le esté haciendo un favor a Manny MIMÁNDOLO de esa manera. Y, además, la cosa ha empeorado desde que vivimos con la abuela.

A veces, después de cenar, jugamos todos juntos a algún juego de mesa. Pero como Manny no entiende cuando hay que seguir reglas complicadas, acabamos con juegos que no requieren ninguna HABILIDAD.

Siempre nos vamos a la cama incluso antes de que oscurezca, porque debemos adaptarnos al horario de MANNY.

Ahora mismo, el cuento de buenas noches favorito de Manny es un álbum ilustrado sobre el Arca de Noé. Va de un tipo que oye que va a llover durante muuucho tiempo y construye un barco gigante para capear el temporal con un montón de animales a bordo.

Todas las ilustraciones del cuento de Manny son dibujitos muy simpáticos que hacen que el diluvio que inundó la Tierra parezca hasta DIVERTIDO.

Pero supongo que, si los dibujos fueran más realistas, los padres no comprarían el cuento a sus chiquitines.

Sin embargo, debo hacer alguna objeción a la historia del Arca de Noé. Para empezar, querría saber por qué Noé permitió que criaturas venenosas como las serpientes o los escorpiones subieran a bordo. Porque si de MÍ hubiera dependido, habría aprovechado para dejar ATRÁS a algunos de esos bichos.

Y entonces habría aprovechado ese espacio para más animales TIERNOS, como por ejemplo cachorritos, erizos e hipopótamos pigmeos.

Por suerte, Noé no tuvo que buscar sitio para las ballenas y los peces grandes, porque habrían ocupado un MONTÓN de espacio. Y probablemente ni siquiera se enteraron de que estaba cayendo el Diluvio Universal.

Lo que tampoco tiene mucho sentido es que Noé aceptara AVES en el arca, porque las aves pueden VOLAR. Seguro que no tardó en arrepentirse de esa decisión.

De hecho, solo hemos oído hablar de los animales que SOBREVIVIERON al diluvio, pero me pregunto si algunos animales chéveres NO llegaron a subir al barco.

Según el relato, después de cuarenta días y cuarenta noches de lluvia, las aguas tardaron 150 días en descender. Así que Noé estuvo confinado todo ese tiempo en el arca con un montón de animales, además de su esposa y sus tres hijos.

Y, siempre que me quejo por tener que vivir en el sótano de la abuela con mi familia, pienso en Noé y eso me hace sentir un poco mejor.

Mamá no deja de repetir que le alegra que estemos juntos, porque siente como si el tiempo se hubiera detenido. Yo también lo he notado, pero no ME parece que sea algo BUENO.

Otra de las cosas por las que este verano se me está haciendo larguísimo es que no puedo ir a casa de mi amigo Rowley, porque resulta que está de vacaciones en Europa con su familia.

Cuando Rowley me contó los planes para sus vacaciones, traté de que sus padres me invitaran a ir con ellos. Pero creo que el señor y la señora Jefferson no son tan listos como suponía, porque no captaron ninguna de mis indirectas.

Así que, mientras Rowley probablemente esté disfrutando del viaje de su vida, yo armo rompecabezas de quinientas piezas en el sótano de mi abuela.

Creo que mamá detesta no poder hacer nada
especial este verano, así que está intentando
inventar algo para remediarlo.

Dice que podemos ir a donde nos propongamos.
Basta con que usemos nuestra imaginación. Pero
para ser sincero, eso no me ayuda.

Creo que incluso ella se ha cansado de este juego,
porque anoche convocó un «consejo familiar» para
proponer ideas realistas para unas vacaciones que
nosotros podamos permitirnos. Lo malo es que cada
uno tiene su PROPIA idea de lo que es divertirse.

Papá quería ir en auto a visitar varios campos de batalla de la guerra de Secesión y tomar parte en una recreación histórica, pero a nadie le hacía gracia la idea de enfundarse un uniforme de lana a mediados de agosto.

Manny quería ir al Safari de los Animales, que visitábamos mucho cuando yo era pequeño, pero los animales que hay ahí son un BODRIO, sobre todo el burro que pintaron para que pareciera una cebra.

Mamá sugirió que ahorraríamos dinero si nos quedábamos cerca de casa y visitábamos sitios de nuestra comunidad. Pero con las excursiones escolares que he hecho, creo que me conozco esta ciudad de punta a cabo.

Los únicos que estábamos de acuerdo sobre lo que podríamos hacer éramos Rodrick y yo. Los dos votamos por ir al parque de atracciones Aquaventura, que nos saldría BARATO porque a la abuela le habían llegado por correo cupones de descuento.

Además, acababan de inaugurar una montaña rusa llamada el Saltarraíl y dicen que es una LOCURA.

Mamá dijo que las atracciones de Aquaventura son demasiado terroríficas para Manny, así que sugirió que fuéramos a la Aldea de los Cuentos, donde hay atracciones para todos los públicos. Pero Rodrick y yo ya estamos aburridos de por vida del apacible Trencito de la Señorita Rita.

Como no nos acabábamos de decidir, sugerí que CADA UNO se fuera de vacaciones a donde más le gustara y al regresar compartiríamos las fotos de nuestros viajes.

Mamá dijo que las vacaciones en familia se llaman así porque se hacen cosas JUNTOS. Luego añadió que algún día nos independizaremos y que ahora tenemos que aprovechar para generar recuerdos felices como una FAMILIA.

Pero creánme, para que ESTA familia pueda generar recuerdos felices necesita un MILAGRO.

<u>Lunes</u>

Por fin se nos ocurrió cómo podríamos ir de vacaciones en familia este verano.

El sábado por la noche, la bisabuela Gammie llamó a papá y le pidió que se deshiciera de la caravana del tío Gary, que lleva dos años aparcada delante de su casa.

Al parecer, el tío Gary se había marchado para trabajar como payaso de rodeo, y ella no creía que regresara pronto.

Al principio, papá SE ENOJÓ porque siempre le toca arreglar los líos del tío Gary, pero mamá dijo que aquella era la solución para nuestras vacaciones.

Mamá dijo que las vacaciones cuestan lo que cuestan porque alojarse en hoteles y comer en restaurantes te sale por un ojo de la cara. Y la caravana resolvería AMBOS problemas.

Entonces PAPÁ se entusiasmó. Dijo que podíamos lanzarnos a la carretera y parar a dormir cuando QUISIÉRAMOS, y que también podíamos cocinar nosotros mismos.

Mis hermanos y yo estábamos tan desesperados por salir del sótano de la abuela que probablemente habríamos dicho que sí a CUALQUIER PLAN.

Mamá dice que viviremos un montón de aventuras a lo largo del camino, y ahora YO también estoy entusiasmado con este viaje.

De hecho, ROWLEY empieza a darme un poquito de pena. Porque mientras él esté encerrado en un aburrido museo en la otra punta del mundo, yo estaré viviendo aventuras INCREÍBLES.

Nos hemos pasado dos días preparando el equipaje para las vacaciones. Y estoy empezando a preocuparme porque mamá quiere convertir esto en un viaje educativo.

Pero creánme, lo ÚLTIMO que pienso hacer en este viaje es APRENDER cosas nuevas.

Miércoles

Esta mañana fuimos al mercado a comprar provisiones para el viaje. Después fuimos a una tienda de suministros para acampadas para tener TODO lo necesario.

Yo estaba emocionado porque era la primera vez que COMPRABA en una tienda de esas. Papá solía llevarnos allí a Rodrick y a mí cuando éramos pequeños, pero solo para matar el tiempo los sábados por la mañana.

Cuando llegamos, papá se puso a dar vueltas por la tienda y cogió algún material básico, como linternas, cantimploras y sillas plegables.

Pero yo me fui de cabeza a la sección de artículos de lujo. Porque digo yo que, si hacemos las cosas, mejor las hacemos bien y con todas las COMODIDADES posibles.

Me decidí por un sofá cama inflable y unas botas de senderismo con ranuras de ventilación en los talones, además de una licuadora solar capaz de hacer un granizado de frutos del bosque en treinta segundos.

Sin embargo, papá dijo que esas cosas no eran para campistas SERIOS y me hizo devolverlas a su sitio.

Luego añadió que durante este viaje íbamos a «vivir de la tierra» todo lo posible y seleccionó varias cañas de pescar. Bueno, no puedo hablar por los demás, pero el único pescado que suelo comer es el que venden en BARRITAS.

Tanto a Manny como a Rodrick les entusiasmó la idea de obtener nuestra propia comida, así que salieron disparados a buscar su PROPIO equipo.

Pero mamá les paró los pies antes de que armaran un lío.

Rodrick estaba muy decepcionado, porque supongo que planeaba ganar algunos trofeos de caza a lo largo del viaje para que decoráramos la cocina cuando terminaran las obras en casa.

Papá terminó de comprar y se dirigió a la caja para pagar. Pero a mamá le inquietaba que no hubiéramos comprado el equipamiento adecuado, así que le pidió al dependiente que echara un vistazo a nuestras cosas y viera si llevábamos todo lo que necesitábamos.

El tipo debía de haber sido un gran experto en supervivencia extrema o algo así, porque tenía MUCHAS cosas que decir. Y nada de lo que dijo me infundió el deseo de irme de acampada.

El dependiente nos explicó que nuestra principal preocupación debían ser los OSOS, porque los hay a montones en los sitios adonde pensábamos ir. Pero nos explicó todo lo que podíamos hacer para protegernos, por si acaso.

Según él, lo primero que debíamos hacer era atar bien siempre nuestra bolsa de basura y colgarla en un árbol fuera del alcance de los osos. Luego añadió que, para estar REALMENTE seguros, deberíamos comprar un frasco de orina de lobo y esparcirla cada noche alrededor de nuestro camping, porque eso espanta a los osos.

Traté de imaginarme a quién le tocaría trabajar RECOLECTANDO orina de lobo, y me hice la solemne promesa de sacar mejores notas para no ser YO quien lo hiciera.

Después, nos dijo que también teníamos que preocuparnos de bichos como los mosquitos y las garrapatas, por lo que siempre deberíamos ponernos un buen repelente.

AQUELLA idea me pareció genial, porque en cierta ocasión Albert Sandy nos habló en la mesa del comedor de un chico que se había quedado dormido a la intemperie y un mosquito le chupó TODA la sangre. Me pareció una forma espantosa de morir.

Me puse un poco nervioso cuando el dependiente siguió enumerando qué MÁS cosas nos faltaban. Dijo que necesitábamos un kit de primeros auxilios para posibles heridas y fósforos a prueba de agua por si se mojaban nuestras pertenencias.

Además, necesitábamos una brújula por si nos perdíamos, un antídoto por si nos mordía una serpiente y una pistola de bengalas por si las cosas se ponían MUY graves.

Cuando salimos, yo estaba un poco alterado. Y debo admitir que el sótano de la abuela ya no me parecía tan TERRIBLE.

Creo que el tipo de la tienda de acampada puso nervioso
a papá, porque nos largamos a toda velocidad después
de pagar. Ya estábamos a mitad del camino de vuelta
a casa cuando nos dimos cuenta de que Rodrick
había desaparecido y tuvimos que VOLVER.

Después de eso, nos dirigimos a casa de la bisabuela
para recoger la caravana del tío Gary. Supongo
que papá pensaba que estaría nuevecita, pero era
una POCILGA.

Recuerdo que papá me contó que el tío Gary
echaba montones de basura dentro de su primer
auto para que nadie se lo ROBARA. Pues bien,
creo que el tío Gary mantuvo el mismo método
con la caravana.

Nos pasamos toda la tarde limpiándola, y yo
temía que de un momento a otro el tío Gary
apareciera de repente enterrado debajo de toda
aquella basura.

Cuando acabamos de sacar toda la porquería, por fin pudimos echarle un buen vistazo a la caravana. Ahora entendía cómo se las había arreglado el tío Gary para vivir en ella durante dos años: tenía todo lo que un ser humano podía NECESITAR.

Había un fogón, un fregadero, una mesa de cocina y una mininevera. También había un baño con ducha y un espacio extra por encima de la cabina para dormir.

Lo limpiamos todo a conciencia, pero cada vez que creíamos que ya habíamos terminado, descubríamos alguna otra pertenencia abandonada por el tío Gary.

Y no quiero parecer maleducado ni nada de eso, pero espero que el tío Gary se haya comprado ropa interior nueva después de mudarse.

La bisabuela Gammie nos dio unos sándwiches para llevar, y entonces nos pusimos en marcha.

Cuando arrancamos, papá estaba
SUPERENTUSIASMADO con la caravana.
Dijo que, como ahora podía teletrabajar, podíamos
vivir en la carretera hasta que nos terminaran la
casa o incluso MÁS TIEMPO.

Mamá lo interrumpió. Dijo que podíamos recorrer
el país y grabar nuevas aventuras, y entonces
convertirnos en una de esas familias que se hacen
famosas en Internet.

El caso es que ya me estaba acostumbrando al
estilo de vida de las caravanas.

Pensaba que era chévere sobre todo por la posibilidad de ir al baño mientras nos desplazábamos por la carretera.

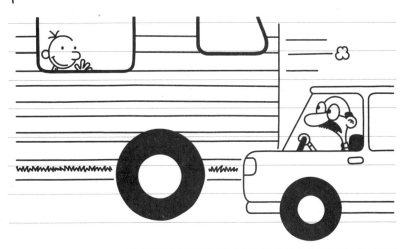

Lo único que no me gustaba de la caravana del tío Gary era que no tenía cinturones de seguridad en la zona del salón, lo cual era un problema cada vez que papá pisaba el freno.

Cuando disminuyó el tráfico, mamá dejó que Manny se sentara en el asiento de adelante para que creyera que estaba conduciendo. Pero se dio cuenta de que era un error cuando aprendió a tocar la bocina.

Al principio era chévere salir a la carretera y tal y cual, pero al cabo de un rato todo parecía un poco monótono. Así que Rodrick y yo sacamos nuestras maquinitas para pasar el rato.

Más o menos una hora después, mamá dijo que ya estaba bien de pantallas y que necesitábamos desconectar los dispositivos electrónicos un rato.

Cuando mamá nos dice que ya basta de pantallas, nos tomamos un descanso, pero en cuanto deja de prestarnos atención, las recuperamos. Y después de un rato de tira y afloja se cansa de discutir y se da por vencida, que es lo que creíamos que iba a suceder hoy.

Pero resultó que mamá no bromeaba. Cuando sacamos de nuevo las máquinas, las metió en una especie de caja de plástico transparente con cronómetro.

Apenas vi esa cosa, supe lo que era, porque lo había visto anunciado en una revista de mamá.

Mamá programó el cronómetro para dos horas y volvió al asiento delantero. Quienquiera que diseñó aquel artefacto sabía lo que hacía, porque ni Rodrick ni yo pudimos abrirlo.

Mamá nos dio algunas actividades que se había inventado para el viaje, para tenernos ocupados un rato. Pero jugar al bingo de la fauna salvaje no tenía gracia, porque éramos incapaces de identificar a la mitad de los animales que veíamos por el camino.

Después de un par de horas más al volante, mamá y papá comenzaron a buscar sitios donde parar.

Había varias señales de «paisaje de interés», así que papá se detuvo en el acceso de un lugar llamado el Barranco de Culpepper.

Mamá se puso eufórica y dijo que éramos como exploradores a la búsqueda de un lugar nuevo. Por desgracia, OTROS exploradores habían llegado antes que nosotros.

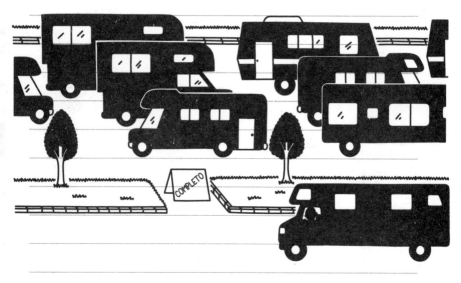

No encontramos sitio donde aparcar, así que tuvimos que marcharnos. Y nos pasó exactamente lo mismo en los siguientes tres sitios donde intentamos parar.

Sé que debería sentirme afortunado por vivir en unos
tiempos dotados de medicina moderna y relojes inteligentes
y galletas rellenas de mantequilla de maní, pero a veces
desearía haber nacido un poco ANTES, porque así
tendría la oportunidad de DESCUBRIR algo.

Porque si descubres un lugar, le ponen tu
NOMBRE.

Pero se ve que todo lo que de verdad vale la pena
ya ha sido descubierto.

Y, claro, a nadie le gusta que le pongan su nombre a una cosa que carece de interés.

En cierta ocasión, el planetario de nuestra ciudad organizó una recaudación de fondos. Si pagabas diez dólares, te expedían un certificado que aseguraba que un planeta de una galaxia lejana llevaría tu nombre. Así que mamá pagó los diez dólares y aún conservo el certificado en mi habitación.

El planeta H1-B9932 de la galaxia Ursirus por el presente documento será conocido como PLANETA GREG

Pero me habría gustado que, cuando mamá rellenó el formulario, hubiera puesto mi nombre y, ADEMÁS, mi apellido. Porque ahora cualquier Greg podría llegar a mi planeta antes que yo y decir que es SUYO.

Papá dijo que el error era que habíamos ido a sitios que todo el mundo conocía y que, si nos apartábamos de la carretera principal, tal vez encontraríamos algo DIFERENTE.

Así que tomamos un desvío y mantuvimos los ojos bien abiertos por si veíamos algo con pinta de que valiera la pena parar.

Y, en efecto, después de ir de aquí para allá encontramos un lago de aguas cristalinas en el que no se veía NI UN ALMA.

El aire acondicionado de la caravana del tío Gary no funcionaba y todos nos moríamos de calor. Así que nos pusimos los trajes de baño y nos dimos un chapuzón en el lago.

Tardé un segundo en darme cuenta de que algo no iba BIEN. Justo por debajo de la superficie había como un millón de objetos brillantes y el cerebro me alertó de que tal vez fueran PIRAÑAS. Y creo que todos los DEMÁS también lo pensaron.

Ya estaba casi en la orilla cuando sentí un montón de bocas diminutas que me daban MORDISQUITOS.

Pensé que me iban a comer VIVO. Pero, al salir del agua, me sorprendió comprobar que no me faltaba ningún pedazo.

O CASI. Cuando me metí en el agua tenía una costra en una rodilla, pero al salir no quedaba ni RASTRO de ella.

Justo entonces apareció una camioneta con dos tipos que parecían IRACUNDOS.

Fue cuando nos enteramos de que el lago donde habíamos estado nadando era una PISCIFACTORÍA.

Pensé que aquellos individuos iban a llamar a la policía y denunciarnos por ALLANAR su propiedad. Como no queríamos quedarnos allí para poder averiguarlo, subimos a la caravana y papá pisó el acelerador.

La próxima vez que mamá haga pasteles de pescado para la cena, primero consultaré la etiqueta para ver de dónde proceden.

Lo más demencial es que la piscifactoría no fue el ÚLTIMO lugar del que nos echaron. Quisimos aparcar la caravana en una pradera para salir a disfrutar del paisaje mientras comíamos, pero resultó que era la GRANJA de alguien.

Al final fuimos a parar a un campo que no parecía que fuera de nadie, así que nos quedamos para pasar la noche.

La disposición del espacio para dormir era de lo más normalita. La mesa de la cocina se convertía en una CAMA, donde dormirían mamá y papá.

Imagínense cuánta ilusión me hacía desayunar en el mismo sitio donde papá había dormido en calzoncillos.

Tuve que compartir con Rodrick el altillo de encima de la cabina del conductor, lo que no era ningún avance con respecto al sótano de la abuela.

El único que se libró de compartir cama fue
Manny. Había convertido uno de los armaritos de
la cocina en un pequeño apartamento y la verdad
es que el invento quedó de lo más ACOGEDOR.

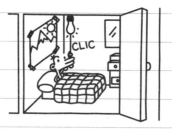

Mientras mamá y papá se preparaban para acostarse,
descubrí el principal inconveniente de la caravana.
Las paredes del baño eran finas como el papel y con el
motor apagado se oía TODO lo que pasaba ahí dentro.
Y, creánme, a nadie le gusta escuchar lo que hace su
madre en el baño.

<u>Jueves</u>

Resulta que el sitio donde pasamos la noche era un parque público. Los entrenamientos de la liga infantil de béisbol empezaron a primera hora de la mañana, y habíamos aparcado sobre el montículo del lanzador.

Por suerte, conseguimos largarnos antes de que alguien nos rompiera un faro con un lanzamiento fuerte.

Mamá dijo que no quería repetir lo de ayer y nos pidió a todos que pensáramos en alguna actividad que fuera realmente DIVERTIDA. Y entonces me acordé de un anuncio que había visto el día anterior.

El cartel anunciaba un sitio llamado Centro de
Aventuras en Familia. Por lo general, si ves la palabra
«familia» en algún sitio, sabes que tienes que salir
huyendo, pero las imágenes del anuncio me hicieron
pensar que podría ser un lugar DIFERENTE.

Tuvimos que volver sobre nuestros pasos unas dos
horas para encontrar el centro de aventuras, pero
la verdad es que no importaba mucho, porque en
principio no íbamos a ninguna parte.

Debo decir que aquel sitio era espectacular. Había
miles de actividades y yo quería probarlas TODAS.

Pero todas las actividades requerían una edad y una estatura mínimas, y Manny no daba la talla para las DIVERTIDAS.

La única actividad donde Manny podía entrar era la Flota que te Flota, donde bajabas río abajo en unos neumáticos que hacían de flotadores. Y mamá nos apuntó.

Le supliqué a mamá que nos dejara a Rodrick y a mí hacer algo más emocionante, como escalar rocas, pero ella había decidido que todos teníamos que hacer algo juntos.

Mamá dijo que estaba segura de que Flota que te Flota sería RELAJANTE. Después de alquilar los neumáticos y ponernos los chalecos salvavidas, cogimos la nevera portátil y otras cosas de la caravana para llevarlas al río.

ROL ROL

Después de nuestra experiencia de ayer con la piscifactoría, no me hacía ninguna ilusión meterme otra vez en el agua, pero había un montón de gente flotando en el río y supuse que, en caso de haber pirañas, los habrían atacado a ELLOS antes que a MÍ.

Reconozco que, una vez en el agua, aquello ERA relajante. Tal vez incluso DEMASIADO relajante. Rodrick se quedó dormido, papá se puso a contestar emails de trabajo y mamá llamó al pediatra de Manny.

57

Total, como estábamos todos un poco despistados, cuando llegamos a un tramo lleno de piedras nos quedamos EMBARRANCADOS. Tuvimos que sacar los flotadores del agua. No fue agradable caminar descalzos sobre un montón de guijarros afilados.

Cuando volvimos a la parte más profunda, metimos otra vez los flotadores en el agua, pero el mío debía de haberse pinchado porque perdía aire. Así que tomé el de Manny y vaciamos la nevera portátil para que la empleara a modo de EMBARCACIÓN.

Calculé que el descenso duraría veinte minutos, pero ya habían pasado dos HORAS y no tenía pinta de que fuera a acabar. Para colmo, nos retrasamos aún más por culpa de un montón de gente que ocupaba todo el río.

De pronto el agua estaba caliente. He estado en suficientes piscinas infantiles como para saber lo que ESO significa. Cuando la anchura del río me lo permitió, remé para esquivar a esa gente y salirme de su estela.

Por desgracia, me alejé demasiado y terminé en una parte del río donde las aguas eran realmente TURBULENTAS. Y todavía no sé cómo, el neumático se volcó y caí al agua.

Me llevé un buen SUSTO. Las aguas bajaban muy deprisa. Puse los pies por delante, en el sentido de la corriente. Así, con suerte, no me abriría la cabeza contra una roca.

Pedí SOCORRO a grito pelado, pero la gente en el río tenía la música tan alta que ni se dio cuenta.

Mi familia intentó salvarme, pero son completamente inútiles cuando se trata de una emergencia.

Más adelante, la gente ya estaba sacando del río los neumáticos en la zona de desembarque, de modo que nadé en esa dirección.

Pero la corriente era demasiado fuerte y me arrastraba río abajo. Mi familia salió del río y papá me gritaba mientras señalaba algo que había cerca de mí. Entonces vi una gran rama que asomaba sobre el agua y me agarré a ella con todas mis fuerzas.

Por un momento creí que todo estaba bajo control.
Entonces noté que algo se alejaba de mí y comprendí
que se trataba de mi TRAJE DE BAÑO.

Una socorrista del centro de aventuras se metió en
el agua y me vino a buscar con un chaleco salvavidas.
Y yo sabía que, si me mantenía agarrado a la rama,
seguro que ella me RESCATARÍA.

Pero por otro lado no podía dejar de pensar
en toda esa gente de la playa que me vería sin
traje de baño. Y Rodrick, en la orilla, lo estaba
grabando todo con su móvil.

Así pues, decidí que lo mejor sería dejarme LLEVAR por la corriente y apañármelas como pudiera.

Lo bueno era que corriente abajo ya no había tantas piedras, aunque la corriente aún era intensa. Para cuando por fin me arrastré hasta la orilla, debía de estar a un cuarto de milla de la playa. No recuperé el traje de baño, pero por suerte di con nuestra NEVERA.

Viernes

Anoche todos convinimos en que el viaje no había podido empezar peor, pero no nos pusimos de acuerdo acerca de qué hacer A CONTINUACIÓN.

Yo opinaba que deberíamos reconocer que el viaje había sido un ERROR y regresar a casa de la abuela. Pero papá insistió en que no podíamos volver ahora, porque ni siquiera habíamos llegado a ACAMPAR.

Papá reparó en que había un parque nacional con bosque a solo unas horas de trayecto. Si acampábamos allí, no harían falta más desplazamientos durante el resto del viaje y nos relajaríamos, para variar.

No me emocionaba en absoluto la idea de acampar al aire libre, pero tenía claro cómo pasaríamos el resto del verano si regresábamos al sótano de la abuela.

A mí acampar en medio de la naturaleza, no me acababa de convencer. Papá me dijo que no me preocupara, porque había guardabosques que nos ayudarían en caso de emergencia. Aquello me hizo sentir un poco mejor.

Total, que pasamos la noche en el parqueo del centro de aventuras y a primera hora de la mañana nos pusimos en marcha con rumbo al parque nacional.

La guardabosques de la entrada nos dijo que llevaba unas cuantas semanas sin llover, por lo que el riesgo de incendios era muy elevado. Después le entregó a papá un mapa y un folleto con consejos sobre acampadas responsables.

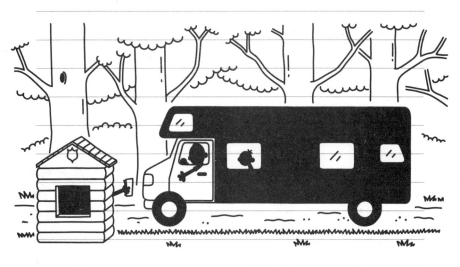

El parque era muy grande y tardamos un buen rato en llegar a nuestro punto de acampada. Y no vimos ni un alma por el camino.

El lugar donde acampamos era realmente agradable. Había espacio de sobra para aparcar la caravana y estábamos muy cerca de un arroyo. Después de sacar la hamaca y las sillas, nos relajamos y disfrutamos de la naturaleza.

Al menos, CASI todos hicimos eso. Poco después, mamá preguntó cuál era el «plan» y papá respondió que ESE era el plan.

Mamá respondió que no podíamos quedarnos sentados ahí todo el día y que debíamos hacer alguna ACTIVIDAD, como senderismo o algo por el estilo.

Pero la sola idea nos parecía agotadora, sobre todo después de un viaje tan largo. Así que mamá dijo que si nos íbamos a tumbar sin hacer nada, dejaría nuestras maquinitas en la Urna mientras duraran las vacaciones. Y con eso le bastó para que nos pusiéramos en marcha.

Mamá sacó el mapa y localizó un sendero que pasaba cerca de allí. Y antes de emprender la caminata nos dijo a todos que llenáramos las cantimploras y nos pusiéramos repelente de insectos. Pero a mí me preocupaban mucho más los OSOS que los insectos.

Recordé que el dependiente de la tienda de acampada había dicho que, si ves un oso, lo mejor que puedes hacer es hacer mucho ruido.

Por suerte, el tío Gary había dejado varias cazuelas y sartenes debajo del fregadero, pero no pensaba esperar a AVISTAR un oso para empezar a hacer ruido, claro.

No tardaron en hartarse de mí, y mamá me
mandó regresar a la caravana para dejar allí los
cacharros.

Dijo que ya los alcanzaría más adelante. Estuve
de acuerdo con eso, porque los cacharros pesaban
un quintal. Además, comenzaba a preguntarme si
el ruido no iba a ATRAER a los osos en vez de
asustarlos, porque siempre que oigo cacerolas me
entran ganas de COMER.

Después de dejar guardados los cacharros en la
caravana, regresé enseguida al sendero. Pensé
que, si me daba prisa, tardaría diez minutos en
reunirme otra vez con todos. Pero entonces surgió
un PROBLEMA.

El sendero se BIFURCABA y no sabía la dirección que había tomado mi familia.

Como pensé que las probabilidades eran 50-50, me decidí por el sendero de la IZQUIERDA. Caminé un buen trecho sin encontrarlos y por esa razón di por hecho que me había equivocado de sendero. Así que volví sobre mis pasos hasta la bifurcación. Y entonces surgió OTRO problema.

Con tanto ir de aquí para allá, no recordaba cuál era el camino que todavía no había recorrido y cuál el que llevaba de vuelta a la caravana. No los podía distinguir, porque todos los árboles y rocas me parecían IGUALES.

En ese momento empecé a PREOCUPARME.
Me acordé de que el tipo de la tienda de acampada
había dicho que a veces los osos van por los senderos
hechos por la gente, porque así se desplazan con más
facilidad. Con ese panorama, no me sentía nada seguro
allí plantado en medio de una ENCRUCIJADA.

También había leído que el sentido del olfato de un
oso es mil veces mejor que el de un humano. Así que
cuando me saqué del bolsillo el protector labial, casi
me pongo a hiperventilar.

Decidí salirme del camino, lo cual fue una estupidez
de mi parte, porque en cuanto lo abandoné ya no fui
capaz de encontrar el camino de VUELTA.

Me puse muy nervioso y pensé en lo que podría
ocurrir si me perdía para SIEMPRE.

He leído historias acerca de seres humanos que se quedaron aislados de la civilización y los criaron los LOBOS. No sé si había lobos por esos bosques, pero vi ARDILLAS a montones.

Por suerte, mi familia me encontró antes de que las cosas se pusieran graves. Porque, si me quedo allí un par de horas más, a mí me da un ataque.

Cuando volvimos al camping, mamá le pidió a Rodrick que me examinara por si había cogido alguna garrapata. Rodrick me observó y me dijo que tenía una ENORME en la espalda.

Luego dijo que probablemente la garrapata llevaba ahí un buen rato, porque parecía a punto de REVENTAR. Casi me muero cuando me enseñó una foto que le había sacado con el móvil.

Al final resultó que era una BROMA y que
había sacado la foto de Internet, pero aun
SABIENDO que era una broma, me pasé el resto
del día con la sensación de que se me había clavado
algo en la espalda.

Mamá nos dijo a todos que nos ducháramos,
porque después de un par de días sin hacerlo
comenzábamos a apestar. Rodrick fue el primero
y tardó por lo menos media hora. Así que cuando
llegó mi turno ya no quedaba agua caliente.

Papá revisó el depósito de gas y dijo que estaba
vacío, así que en adelante tendríamos que ducharnos
con agua fría. A nadie le hizo la menor gracia, sobre
todo a MAMÁ.

Noté que el baño comenzaba a OLER A RAYOS y se lo dije a papá. Me explicó que olía tan mal porque aún no habíamos vaciado el depósito de aguas residuales.

Para ser sinceros, ni siquiera me había PLANTEADO adónde van los excrementos en una caravana.

En casa, cuando tiras de la cadena, todo aquello desaparece como por arte de magia y va a parar a algún lugar muy lejano. Pero en una caravana transportas todo ese material CONTIGO.

De haberlo sabido de antemano, no sé si me habría embarcado en este viaje.

Ahora me preocupa lo que sucedería si el depósito se DESBORDARA. Así que hoy, cuando me parezca que alguien tiene que hacer aguas mayores, intentaré convencerlo de que lo haga en cualquier OTRO sitio.

Supongo que tendría que estar agradecido por vivir
en una época en la que los inodoros ya EXISTEN.
Rodrick me contó que los inodoros con cisterna los
inventó el barón de Bidé. No sé si es verdad o si
me está tomando el pelo, para variar.

De ser VERDAD, espero que al menos se haya hecho
rico con su invento. Porque a mí no me gustaría que
relacionaran una función corporal con MI nombre.

Papá encendió una hoguera y cocinó un estofado
de carne. Iba a servirlo con alubias cocidas como
guarnición, pero Rodrick dejó la lata demasiado
cerca del fuego y ESO causó una catástrofe.

Después de la cena, atamos la bolsa de basura y la subimos a un árbol, como nos había dicho el tipo de la tienda. Pensé que, si algún oso fuera tan inteligente como para alcanzar nuestra basura, entonces se merecía llevársela.

Pero había anochecido y mamá dijo que había que irse a la cama. Y papá respondió que lo mejor de una acampada es sentarse en torno a una hoguera bajo las estrellas.

Eso EMOCIONÓ mucho a mamá, que se empeñó en que cantáramos con ella una canción que había aprendido en un campamento de verano, cuando era una niña. Pero somos terribles haciendo coros, así que esperamos a que mamá terminara.

Después de aquello, papá sacó algunos malvaviscos y nosotros encontramos unas varas largas.

Mientras tostábamos los malvaviscos, papá se puso muy serio. Nos dijo que hace mucho tiempo fue a un camping con su papá y allí conocieron a un viejo guardabosques que les contó una historia de locos.

El guardabosques les dijo que había tenido una perrita beagle llamada Matilda que los seguía a todas partes. Pero una noche, el guardabosques encendió una HOGUERA y vio a una extraña criatura con los ojos rojos y resplandecientes merodeando por las inmediaciones del camping.

Matilda se puso a perseguir a la criatura y el guardabosques siguió su rastro, pero la única pista que la perra le dejó era su collar roto sobre el suelo.

Papá nos contó que todas las noches, el guardabosques dormía solo en su cabaña, esperando que Matilda encontrara el camino de vuelta. Y en las noches como aquella, cuando la luna está en cuarto creciente, escuchaba su aullido desde lo más profundo del bosque.

A mamá no le hizo gracia que papá contara esa historia porque Manny se estaba asustando mucho. Y, a decir verdad, yo también estaba un poquitín inquieto.

Entonces, de repente, oí un sonido procedente del interior del bosque que me HELÓ la sangre.

Por un instante pensé en el fantasma de Matilda, pero entonces me di cuenta de que Rodrick no estaba por allí, y comprendí que todo aquello era una broma que papá y Rodrick nos estaban gastando.

Pero de algún modo les salió el tiro por la CULATA. Porque justo cuando Rodrick aulló, Manny dio un RESPINGO y papá acabó con un malvavisco ardiendo pegado a la rodilla.

Papá estaba a punto de zambullirse en el río para apagar el fuego, pero, por suerte, Rodrick recordó dónde guardábamos el extintor.

Mamá le dio un sermón a papá sobre por qué no hay que asustar nunca a la gente, pero la interrumpieron unos extraños sonidos procedentes del bosque. Al principio, pensé que era otra BROMA, pero los ojos que pusieron papá y Rodrick dejaron claro que NO LO ERA.

Ignoraba qué era, pero sonaba como si fuera muy GRANDE y se estaba acercando. Así que volamos hacia la caravana y atrancamos la puerta.

Por supuesto, era un OSO. Pero no andaba detrás de nuestra basura, sino de las ALUBIAS COCIDAS.

Cuando el oso terminó de lamer las judías, quería MÁS. Me encantaría poder decir que mantuvimos la calma, pero sería mentira.

Papá se fue directo al asiento del conductor para SACARNOS de allí, pero las llaves estaban junto al fuego. Y cuando el oso empezó a balancear la caravana, creí que ACABARÍA con nosotros.

Supongo que Manny lo pensó también, porque se las ingenió para deslizarse por la ventana y se subió al TECHO. Y llevaba CON él la pistola de bengalas.

Sábado

Anoche, el destello de la bengala ahuyentó al oso, así que cuando la guardabosques llegó donde acampábamos, ya no había que RESCATARNOS. Nuestro mayor problema pasó a ser la quemadura de malvavisco en la rodilla de papá.

La guardabosques dijo que lanzar aquella bengala había sido una imprudencia por nuestra parte, porque podríamos haber provocado un incendio forestal. Y añadió que debíamos abandonar el parque a primera hora de la mañana.

Yo estuve muy DE ACUERDO con eso. Habíamos pasado una noche en la naturaleza, pero dudo que sobreviviéramos a OTRA.

BRUUUUUM

Cuando abandonamos el camping por la mañana, tenía muchísimas ganas de regresar al sótano de la abuela. Al menos, allí habría agua caliente y ni rastro de OSOS.

Pero mamá aún no quería regresar a casa. Dijo que habíamos tenido problemas con la acampada porque habíamos ido a lugares AISLADOS, y que si fuéramos a un lugar donde hubiera GENTE, lo pasaríamos mucho mejor.

Mamá nos contó que había oído hablar de unos campings que organizaban actividades para familias y ofrecían todos los servicios necesarios.

Entonces empezó a buscar por allí cerca y al final encontró uno que parecía tener potencial.

Bienvenidos al paraíso

EL EDÉN DEL CAMPISTA

CAMPING DE LUJO

17 hectáreas de praderas bien cuidadas muy cerca de la carretera

¡Alojamientos para todos los presupuestos!

¡DIVERSIÓN FAMILIAR ASEQUIBLE!

¡SE ADMITEN MASCOTAS!

¡Visite nuestra piscina!

Lo que atrajo mi atención fue la palabra «lujo». Después de probar un camping «auténtico», estaba preparado para subir de NIVEL.

Sabía por la catequesis que «Edén» es otra forma de referirse al paraíso, así que parecía que las cosas se iban a arreglar.

Por lo que recuerdo, a Adán y Eva los expulsaron del jardín del Edén porque uno de ellos cayó en la tentación de comerse una manzana de un árbol prohibido.

De haber sido YO, no habría abandonado el paraíso por una fruta. Tendría que haber sido por algo realmente DELICIOSO, como un PERRITO CALIENTE.

91

Tardamos casi todo el día en llegar al Edén del Campista. Pero, cuando pasamos por el puente y contemplamos el lugar por primera vez, comprendí por qué le habían puesto ese nombre.

Nos detuvimos en el pabellón principal y entramos. Una empleada nos habló de las cosas fantásticas que tenían en el camping, como una sala de juegos, una piscina y una fosa para lanzamiento de herraduras, además de un lago con canoas y kayaks.

También había vestuarios donde podías tomar una ducha caliente, que fue lo que más ilusión le hizo a MAMÁ.

Lo que a mí me volvió loco fue que cada parcela tuviera su propia conexión al alcantarillado. Dentro de la caravana olía a tigre, y yo ardía en deseos de vaciar el depósito de aguas negras.

Mamá le dijo a la empleada que nos gustaría una parcela con vistas al lago, pero la mujer le respondió que la gente reserva esas parcelas con MUCHA antelación y que las únicas disponibles se ubicaban en el área económica.

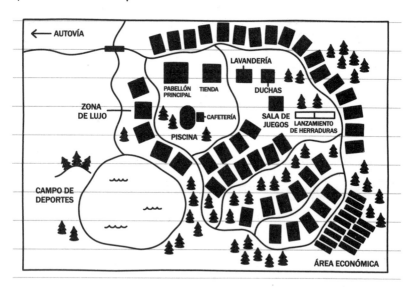

Supongo que mamá estaba tan encantada con la ducha caliente que dijo que aceptaríamos CUALQUIER COSA. Después de pagar una semana por adelantado, llevamos la caravana hasta nuestra parcela.

Cuanto más descendíamos por la colina, más pequeñas eran las parcelas. Y cuando encontramos la nuestra, a papá le costó cuadrar la caravana en el espacio que le habían asignado.

Después de parquear, mamá empezó a sacar las
sillas de camping mientras papá batallaba con el
depósito de aguas negras. Yo quería estar lo más
lejos posible cuando empezara con ESE proceso,
así que les dije a mis padres que me iba a dar una
vuelta.

Como quería echar un vistazo a la sala de juegos, me fui para allá de cabeza. Había varias máquinas típicas de los salones recreativos, pero ninguna valía la pena.

Tenían una mesa de billar, pero yo diría que aquello no eran BOLAS.

Lo siguiente que visité fue la piscina, y también me llevé cierta decepción. Estaba superllena de pequeñajos y sus padres estaban relajados y no les hacían ni caso.

Hoy en día, los niños usan chalecos flotadores, así que ni siquiera tienen que aprender a nadar. No es como cuando yo estaba creciendo, que tenías que aprender a las BRAVAS.

Algunos pequeñines habían flotado hasta la parte profunda, lo cual era un problema porque la gente se tiraba en bomba desde el trampolín.

Allí no había ningún socorrista, así que todo el mundo hacía lo que le daba la GANA.

A decir verdad, no me sentía seguro en esa piscina. Por eso decidí que era preferible relajarme con un baño caliente en el jacuzzi. Y allí descubrí que lo de <<Se admiten mascotas>> no lo decían porque sí.

En el área de la piscina había una cafetería y cerca de allí estaban la lavandería y las duchas.

Quería matar un poco más el tiempo antes de regresar a la caravana, por si papá aún no había vaciado el depósito de aguas negras. Así que me dediqué a explorar el resto del camping para ver cómo eran las otras parcelas.

Las mejores eran las parcelas de lujo que daban al lago. Aquella gente estaba equipada con antenas parabólicas y parrillas sofisticadas, y disponían incluso de CÉSPED, que cuidaban con esmero.

RRRRR

CHIC
CHIC CHIC

Se diría que a la gente de las parcelas más lujosas no le gustaba que los del área económica husmeáramos por sus propiedades, así que me largué.

Las parcelas de más abajo de la colina no eran tan agradables, pero cada hilera parecía un vecindario a pequeña escala.

En una de las filas había mucha gente mayor, por lo que supongo que era un área para jubilados. Y un poco más abajo había familias con niños pequeños.

Algunas de las hileras eran TEMÁTICAS y la gente se esmeraba mucho con la decoración.

Unos pocos tenían caravanas de remolque y agradecí que el tío Gary no nos hubiera dejado una de ESAS.

Había otra gente que no tenía NINGÚN tipo de caravana. Vi un camping que parecía estar poblado por toda una banda de motociclistas y me alegré de no tenerlos como vecinos.

Pero habría sido aún PEOR si nos hubieran colocado en la fila para las mascotas. Porque esa zona era una CASA DE FIERAS.

Me di cuenta de que había regresado al área económica, porque allí todas las parcelas estaban mucho más APRETADAS así que la gente tenía que aprovechar el espacio.

Al parecer papá había solucionado la conexión con el sistema de alcantarillado y ahora estaba preparando perritos calientes en la parrilla. Estuve por preguntarle si se había lavado las manos, pero no quise que se molestara.

Mamá ya estaba tratando de entablar amistad con algunos de nuestros vecinos, pero parecía gente muy reservada.

Cuando papá terminó de cocinar, nos sentamos a comer en la mesa de pícnic, pero nuestros vecinos jugaban a la petanca en su techo y alguien allá arriba no acertaba ni una.

Mientras limpiábamos aquel desastre, les dije a mamá y a papá que venir aquí quizá había sido un ERROR. Pero mamá dijo que a veces tardamos en acostumbrarnos a los sitios nuevos y que hay que darles una oportunidad.

Entonces me recordó que ni siquiera habíamos visitado el lago, que en teoría era lo mejor del camping. Me disponía a añadir algo cuando de repente me interrumpió un ruido procedente del pabellón principal.

Sonaba como una de esas sirenas antiaéreas que oyes en las películas de guerra cuando se acercan los bombarderos del enemigo, y me puso muy nervioso.

Nuestros vecinos también parecían nerviosos, y se pusieron a recoger todas sus cosas y a guardarlas en su caravana.

Cuando papá les preguntó para qué era esa sirena, él le respondió que significaba que una MOFETA merodeaba por el recinto y todo el mundo tenía que refugiarse lo antes posible.

Vaya si NOS movimos, entonces. Cerramos rápido la puerta y nos asomamos a las ventanas mientras esperábamos. En efecto, la mofeta de marras no se hizo esperar y olisqueó nuestra parcela.

Se subió a la mesa de pícnic y, cuando empezó a comerse nuestros perritos calientes, tuvimos que quedarnos ahí MIRANDO.

Cuando la mofeta terminó de comer, se LARGÓ. Un rato después, la sirena dejó de sonar y todo el mundo salió al exterior. Aunque la mofeta ya se había IDO, el olor que había dejado era INSOPORTABLE.

Papá nos explicó que las glándulas de la mofeta segregan unas sustancias químicas que se perciben en una milla a la redonda, y eso explica su mal olor. Y añadió que, si una mofeta te ROCÍA, la cosa es mil veces PEOR.

Papá nos contó que lo mejor que puedes hacer si te topas con una mofeta es retroceder lentamente, porque solo te rocían cuando se sienten acorraladas o amenazadas.

Añadió que sabes cuándo están a punto de rociarte porque se ponen de pie sobre las patas delanteras y menean el trasero, pero para entonces ya es demasiado TARDE.

Rodrick dijo que el líquido de las mofetas no solo huele fatal, sino que además es INFLAMABLE. Claro, no sé si es verdad o si pretende engañarnos. Si fuera CIERTO, cuando las mofetas aprendan a encender cerillas, los humanos tendremos un PROBLEMÓN.

Cuando Dios creó a los animales, les proporcionó unas magníficas maneras de defenderse, como caparazones, garras y zarpas.

Pero cuando llegó la hora de crear a la GENTE, ya se le habían agotado las BUENAS ideas.

Supongo que Dios zanjó el asunto dotándonos de grandes CEREBROS. Pero si de mí dependiera, me habría conformado con unas PÚAS.

Me imaginé que, si algo tan pequeño como una mofeta puede ahuyentar a los predadores con su mal olor, eso también funcionaría CONMIGO. Resolví firmemente no ducharme hasta que me gradúe.

Aunque, la verdad es que no debería haberle contado mi plan a MAMÁ, porque eso le hizo recordar que no me había duchado. Así que ahora quiere que me duche mañana a primera hora.

Por suerte, había más perritos calientes en la caravana y papá los cocinó en el fuego. Pero yo no paraba de pensar en la mofeta, así que no me sorprendí mucho cuando de pronto nos ROCIARON.

Pero no fue una MOFETA, sino una de nuestras VECINAS. Al parecer, a las nueve en punto se apagan todas las luces en el camping y supongo que los residentes se lo toman muy en serio.

Así que nos fuimos a la cama, pero yo no podía DORMIR. Como ya he dicho, las parcelas del área económica están demasiado JUNTAS.

<u>Domingo</u>

Resulta que como todo el mundo se va muy pronto a la cama, luego madrugan mucho. No nos hace falta poner el despertador, porque nuestros vecinos se encargan de hacernos saber que es hora de levantarse.

Por increíble que parezca, había un vecino que tallaba ESCULTURAS DE MADERA en su parcela. Al principio quise cantarle las cuarenta, pero cuando vi su sierra mecánica decidí que podía dejarlo pasar por esa vez.

115

Papá se levantó y enseguida comenzó a cocinar tortitas y huevos en la parrilla. Mamá acababa de regresar de las duchas y me informó cómo funcionaban.

Dijo que para ducharse había que pagar con monedas, y me dio unas cuantas. Luego me pidió que me detuviera en la lavandería para sacar la ropa de la lavadora y meterla en la secadora.

No me hacía ninguna gracia la idea de ducharme en un edificio público. Cuando vives en una casa con tu familia, el baño es el único sitio donde puedes tener un poco de INTIMIDAD. Allí dentro, me siento en mi universo privado.

En cuanto echo el pestillo, sé que puedo hacer lo que QUIERA.

Pero a veces tengo PROBLEMILLAS en el baño. Una vez casi me rompo las costillas al imitar a Spiderman en la ducha.

Cuando llegué a las duchas, la cola ya daba la vuelta al edificio. Me tocó conocer a mis compañeros campistas un poco mejor de lo que me hubiera GUSTADO.

Supuse que la cola se dividiría en dos a la entrada y que los chicos irían por un lado y las chicas por el otro, pero resulta que allí no hacen esta distinción.

Descubrí que la espera era tan larga porque
solo había tres duchas. En cuanto me llegó
el turno, me apresuré a introducir una moneda
en la ranura de la puerta y la ducha empezó
a funcionar.

Sentir el agua caliente fue una DELICIA, sobre
todo porque llevaba días sin disfrutar de una ducha.

Pero en realidad no pude disfrutarla demasiado,
porque las cabinas no eran muy altas.

Cerré los ojos y traté de imaginar que estaba solo,
pero resultaba difícil hacerlo cuando la persona de la
cabina de al lado no callaba NI BAJO EL AGUA.

Decidí dar por terminada la sesión y salir de allí
lo antes posible. Pero la ducha se paró antes de
poder enjuagar el champú del pelo.

Resulta que con una moneda solo pagas tres minutos de agua caliente. Traté de darle una moneda a la siguiente persona que esperaba su turno para que la metiera por la ranura por mí, pero no me hizo ni caso.

Así que me salí de la cabina para introducir la moneda YO MISMO. Pero supongo que esa era precisamente la oportunidad que aquel individuo estaba ESPERANDO.

Y lo que REALMENTE colmó el vaso fue que comenzó a usar mi CHAMPÚ.

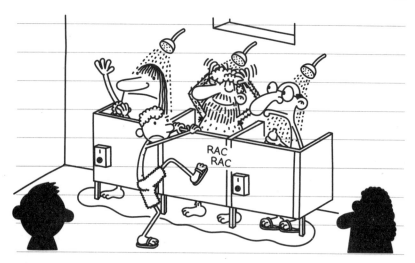

No me apetecía discutir con un tipo desnudo, así que me LARGUÉ de allí. Pero me había entrado un poco de espuma en el ojo y apenas podía ver adónde iba.

Por suerte, encontré el camino de la lavandería, donde había una pila para enjuagarme. Y el agua era GRATIS.

Cuando terminé de quitarme el champú de la cabeza, comencé a buscar nuestra ropa. Pero alguien había sacado nuestras prendas de la lavadora y las había dejado en el suelo para poder meter las SUYAS.

Después de poner nuestra ropa en la secadora, decidí montar guardia alrededor de las lavadoras para averiguar quién había tirado nuestra ropa al suelo cuando volviera por la SUYA.

Pero cuando vi de QUIÉN se trataba, pensé que también podría dejarlo pasar.

Cuando regresé a nuestra parcela, yo solo quería arrastrarme a la cama, pero mamá dijo que bajaríamos todos al lago y que tenía que ponerme el traje de baño.

Le recordé que ya NO TENÍA traje de baño con la esperanza de librarme de ir. Pero mamá dijo que Rodrick tenía uno de REPUESTO y, aunque no soy en absoluto partidario de usar la ropa de los demás, supe que no tenía sentido discutir con ella. No podía negarme.

Suponía que, si nos dábamos un remojón en el lago durante unos minutos y nos comportábamos como si lo estuviéramos pasando genial, mamá se daría por satisfecha y podríamos volver al camping. Pero se había llevado la cámara, y eso siempre complica las cosas.

Este verano, mamá se ha pasado el día metida en redes sociales. Y se pone muy ENVIDIOSA siempre que ve lo perfectas que parecen las familias de sus amigas.

Por eso, mamá nos obliga a adoptar posturas raras para que parezca que NOSOTROS también lo estamos pasando en grande. Pero en mi familia debemos de ser muy torpes o qué sé yo, porque siempre tenemos algún percance.

El lago parecía muy tranquilo y en calma cuando lo contemplamos desde el puente al llegar, pero hoy tenía una pinta muy diferente.

Esperaba que el agua fuera clara y cristalina, como la de la piscifactoría, pero me pareció SUCIA.
Y eso tal vez se debiera a que la gente no la usaba solo para NADAR.

Yo creía que nada podía ser más impresentable que el comportamiento de la gente de ayer en la PISCINA, pero lo del lago era otro NIVEL.

Había una cuerda atada a un enorme árbol que colgaba por encima del agua, pero yo no pensaba usar ese invento a menos que LLOVIERA unos cuantos días seguidos.

Había varias balsas inflables en el medio del lago y pensé en agarrar una, pero cambié de opinión enseguida cuando vi cómo las estaba usando la gente.

Vi una rampa al pie de una colina que había en la orilla del lago y me pregunté para qué servía. Pero lo supe cuando un chico se tiró por ella rodando dentro de un neumático de tractor.

Mamá quería que fuéramos a nadar, pero yo seguía traumatizado por mi ÚLTIMA experiencia en un lago. Además, no me fío de las aguas cuyo fondo no puedo ver.

Del centro del lago sobresalía una cosa rara y se la señalé a papá. Dijo que tal vez fuera solo una rama, pero a mí no ME parecía para nada una rama. Y cuando solo puedes ver una parte de algo, en realidad puede ser CUALQUIER COSA.

A nadie le apetecía nadar, así que dejamos nuestras
cosas en el suelo. Pero resulta que la orilla de un lago
no es como la orilla de una PLAYA, y a los pocos
segundos nos estábamos hundiendo en el barro.

Mamá se negó a volver al camping si no hacíamos
algo DIVERTIDO. Había una canoa amarrada
al muelle y propuso que navegáramos con ella.
A mí me parecía bien ir por la superficie del agua,
siempre y cuando no tuviera que meterme
EN el agua.

Subimos a bordo de uno en uno, lo que no resultó
tan fácil como yo había pensado.

Me mantuve agachado, tal como papá me había dicho.
Pero Rodrick NO lo hizo y casi volcamos sin haber
salido del embarcadero.

Una vez en la canoa, nos pusimos los chalecos
salvavidas y remamos lago adentro, pero la gente
que nadaba por allí cerca parecía tener mucha prisa
por apartarse de nuestro RUMBO.

Entonces descubrimos el MOTIVO. Cuando llegamos al centro del lago, algo ENORME cayó muy cerca de nuestra canoa. Y un momento después, se produjo OTRO gran impacto.

PATACHOF

Varios adolescentes en lo alto de la colina habían convertido una hamaca elástica en un enorme TIRACHINAS y ahora éramos el BLANCO de sus prácticas de tiro.

Supongo que eso explicaba por qué nadie montaba en canoa. Tratamos de remar hacia el embarcadero, pero los tipos de la colina estaban cada vez más cerca de alcanzarnos.

Supongo que Rodrick temía que nos dieran, y decidió abandonar la embarcación. Y eso fue un problema para los DEMÁS, porque ahora estábamos desequilibrados.

Nuestra canoa volcó y, de algún modo, papá y yo acabamos DEBAJO de ella. Al principio pensé que eso estaría BIEN, porque así estábamos protegidos de las sandías.

Pero cambié de idea cuando nos acertaron de pleno, porque fue como estar dentro de un TAMBOR.

CLONC

Papá y yo dejamos la canoa y nadamos hacia el
embarcadero. Tuvimos que movernos DEPRISA,
porque ahora los gamberros de la colina hacían
REBOTAR los lanzamientos.

Conseguimos subirnos al embarcadero, donde estábamos
fuera de su alcance. Mamá se disgustó un montón
porque su cámara se había estropeado, pero yo no
estaba para fotos en aquellos momentos.

Lunes

Creo que mamá se dio cuenta de que ayer habíamos pasado demasiado tiempo en plan familiar, porque esta mañana nos ha dado a todos el día libre. Yo quería aprovechar para relajarme por fin, pero mamá tenía OTROS planes para mí.

Dijo que el camping estaba lleno de chicos de mi edad y que esa era una ocasión perfecta para hacer nuevos AMIGOS.

Le dije a mamá que no me interesaba lo más mínimo socializar con otros chicos y que no tenía ningún sentido hacer nuevas amistades, porque nunca los volvería a VER.

Pero mamá replicó que algunos de sus mejores amigos son gente a la que conoció en campamentos de verano cuando tenía MI edad.

Le respondí que ahora todo es DIFERENTE de como era en sus tiempos y que hoy en día es mucho más difícil hacer amistad con desconocidos. Pero mamá respondió que podía ayudarme.

Esperaba que al final mamá dejara correr el asunto, pero, diez minutos más tarde, un grupo de chicos pasó por delante de nuestra caravana. Llevaban cañas de pescar. Y antes de que pudiera DETENERLA, mamá se puso a hablar con ellos.

Por suerte, esos chicos no me pegaron cuando mamá se marchó. Dijeron que iban a su sitio favorito para pescar y que, si quería, podía ir con ellos.

No entiendo nada de pesca, pero decidí apuntarme al plan para complacer a mamá.

Reconocí a algunos de esos chicos de la piscina el día anterior y mientras bajábamos me enteré de cómo se llamaban.

Todos llamaban Tetrabrik al muchacho más pequeño, que parecía ser el jefe del grupo. El chico del flotador era Marcus el Grande, y no sabía si lo llevaba puesto porque le resultaba divertido o porque no podía QUITÁRSELO.

El chico alto y delgado era Gorgojo y el que tenía la cabeza afeitada se llamaba Popó. No quiero ser grosero ni nada por estilo, pero el apodo era la mar de apropiado.

Se nos unieron algunos chicos más, y TODOS tenían algún apodo. Supongo que es una costumbre de aquí.

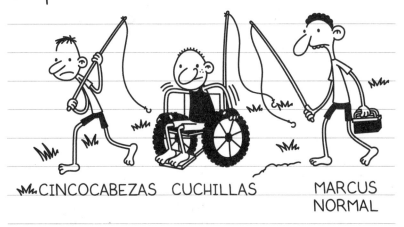

CINCOCABEZAS   CUCHILLAS   MARCUS NORMAL

Tetrabrik me preguntó cómo me llamaba YO. Y como los DEMÁS usaban nombres inventados, pensé que yo también podía hacerlo.

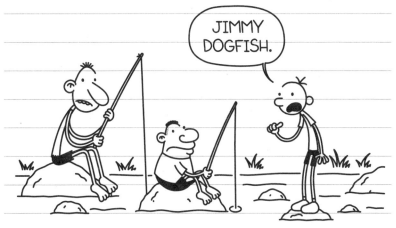

JIMMY DOGFISH.

El arroyo era muy poco profundo en ese punto, así que no me imaginaba como íbamos a poder pescar algún pez. Pero al final averigüé que el motivo real por el que esos chicos iban allí no era pescar, sino CHARLAR. Y discutían por TODO.

El primer tema de conversación giró en torno a qué superhéroe ganaría en una pelea y entonces derivó a qué superpoder era el mejor. Y, a continuación, de algún modo se convirtió en un debate acerca de qué animal elegirías para una pelea, si te condenaran a muerte.

Luego empezaron a discutir si sería mejor luchar con una persona que tuviera la cabeza de un tiburón o con un tiburón que tuviera la cabeza de una persona. Las opiniones estaban divididas 50:50.

La discusión se calentó y luego pasaron a las MANOS. Yo no quería acabar apaleado, así que me limité a tratar de no estorbar.

Pero la pelea acabó DE PRONTO y todos empezaron a actuar como si allí no hubiera sucedido nada.

Comenzaba a sentirme a disgusto con un grupo de muchachos a quienes les encantaba resolver las cosas a PUÑETAZOS y les dije que tenía que regresar. Pero Tetrabrik dijo que como yo era el NOVATO allí, debía enseñarme cómo funcionaban las cosas. Yo decidí seguirle la corriente, más que nada porque no quería que Popó me pusiera la mano encima.

Resulta que estos chicos vienen aquí año sí y año también, así que se conocían todas las entradas y salidas del lugar. Sabían cómo sacar gratis una bolsa de pretzels de la máquina expendedora de la sala de juegos, el horario exacto del camión de reparto que venía para abastecer la tienda y dónde tenías que estar cuando tiraban a la basura los dónuts del día anterior.

Además, sabían dónde estaban todas las chicas guapas del camping y cuándo almorzaba cada una.

Esos chicos también eran unos grandes bromistas.
Gorgojo se encontró en el suelo un bote medio lleno
de champú y entonces Tetrabrik tuvo una IDEA.
Nos llevó por detrás de las duchas hasta la pared
que había al otro lado.

En cuanto el tipo que estaba cerca de la ventana
terminó de enjuagarse el pelo, Tetrabrik le echó un
chorro de champú en la cabeza.

Entonces el tipo VOLVIÓ a tener espuma en
la cabeza y, cuando terminó de enjuagarse, allí
estaba Tetrabrik con otro chorrito. Después de un
par de veces, el tipo comenzó a volverse LOCO.

Pero cuando escuchó las risas de Cuchillas, supimos que nos había PILLADO. Y aquel era el ÚLTIMO tipo con el que nos tendríamos que haber metido.

Por suerte, Tetrabrik y su pandilla conocían todos los buenos escondites del camping, así que nos refugiamos detrás de la cafetería hasta que pasó el peligro.

La verdad es que nunca había tenido una pandilla de amigos y estaba empezando a DIVERTIRME.

Los chicos querían bajar al prado que había junto al lago para jugar allí a algo. Supuse que se referían a jugar a algo normal, como el béisbol o el pilla pilla. Así que me fui con ellos.

Pero tenían OTRA idea de lo que era divertirse jugando.

Lo que pasaba era que en la mayoría de sus juegos golpeaban a alguien con una bola o lo derribaban, y a veces ambas cosas a la vez.

El último juego fue el martín pescador, en el que todos forman una cadena humana y tratan de impedir que una persona pueda atravesarla. Pero Marcus el Grande era imparable, así que los demás nos tuvimos que dar por vencidos.

Y cuando parecía que ya todos estaban dispuestos a calmarse y dejarlo por ese día, de repente algo cayó del CIELO.

Eran aquellos adolescentes de la colina, los que
lanzaban sandías con su tirachinas gigante.
Corrimos para refugiarnos debajo del cobertizo
donde se guardaban los kayaks. Y allí fue donde
Tetrabrik me contó lo que sucedía.

Resulta que cada vez que él y los otros chicos iban a
jugar a ese prado, los adolescentes los bombardeaban
con sandías. A decir verdad, me habría gustado
que alguien me advirtiera ANTES de aceptar ir
allí abajo.

PLOFF

Pero Tetrabrik dijo que hoy él y su banda se
tomarían la REVANCHA.

Habían escondido un montón de pistolas de agua en uno de los kayaks y tenían una considerable potencia de fuego almacenada allí dentro. Todo el mundo escogió una, pero como yo era el novato, elegí de ÚLTIMO.

No me entusiasmaba tomar parte en una pelea con un grupo de adolescentes, así que les dije que tenía que volver con mi familia.

Pero Tetrabrik dijo que ahora era uno de ELLOS y que teníamos que pelear todos JUNTOS. Tendría que haberme marchado entonces, pero tampoco era cuestión de dejarlos tirados.

Nos reunimos en torno a Tetrabrik, y nos explicó su plan. Dijo que necesitábamos un voluntario que hiciera de señuelo en el lago, de modo que los demás aprovecháramos para sorprender al enemigo por la retaguardia.

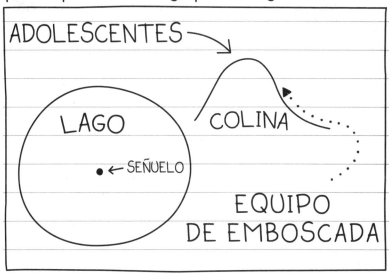

Como nadie quería ser el voluntario, lo sometimos a votación y Marcus el Grande resultó elegido. Aquello me cayó superbién, porque así me tocó su pistola de agua.

Marcus el Grande nadó hasta el centro del lago, y, por supuesto, los adolescentes abrieron fuego en cuanto lo vieron llegar.

Y entonces aprovechamos para pasar a la ACCIÓN.

Los atacamos con todo lo que teníamos. Cuando vaciamos las pistolas de agua, esos gamberros estaban hechos una SOPA.

Pero ojalá Tetrabrik hubiera pensado un poco más el SIGUIENTE paso de su plan, porque lo único que conseguimos fue sacarlos de sus CASILLAS.

Nos persiguieron hasta más allá del pabellón principal y giramos en la esquina de la lavandería. Yo creía que nos atrapaban, pero Marcus el Grande escogió el momento PERFECTO para reincorporarse al equipo.

Eso nos proporcionó algo de TIEMPO extra, que aprovechamos para recargar las pistolas de agua en los dispensadores de refrescos de la cafetería.

Cuchillas cogió unos botes de kétchup y mostaza para maximizar la potencia de fuego. Cuando llegaron los chicos, estábamos PREPARADOS para recibirlos.

Y no sé si fue un efecto de los refrescos, del kétchup o de la mostaza, pero la cafetería no tardó en llenarse de ABEJAS.

Corrimos como locos hasta el escondite que habíamos usado antes e hicimos una pausa para recuperar el aliento.

Todos querían celebrar la victoria, pero Tetrabrik parecía PREOCUPADO. Dijo que los adolescentes nos perseguirían y que el director del camping estaría furioso por el desastre en la cafetería.

Cuchillas sugirió que PACTÁRAMOS que, si capturaban a alguno de nosotros, nadie delatara a los demás. Todos parecieron conformes con la idea.

Esa armonía se rompió cuando empezamos a discutir sobre las sanciones por INCUMPLIR el pacto, porque cada uno tenía una idea diferente al respecto.

Marcus el Grande dijo que, si rompías el pacto, tenías que atravesar el Pasillo de los Flotadores, lo que me pareció una BARBARIDAD.

Marcus Normal dijo que si alguno de nosotros delatara a otro, tendría que llevar su ropa interior sobre la cabeza durante un día entero.

Algunos querían llevar el asunto más LEJOS. Cincocabezas dijo que lo que tendría que ponerse en la cabeza el traidor era la ropa interior de su PADRE y pasear por delante de las chicas guapas.

Entonces discutieron sobre si la ropa interior debía estar limpia o sucia, y al final acabaron a puñetazos. Eso me ALEGRÓ bastante, porque me proporcionó la oportunidad que necesitaba para escabullirme.

Martes

Por suerte, hoy mamá no tenía grandes planes
para nosotros. Porque después de todo lo
que ocurrió ayer, solo quería intentar pasar
desapercibido el resto del viaje.

Mamá fue a la tienda del camping a comprar comida
para la cena porque se nos había acabado todo.
Cuando regresó, estaba emocionadísima por un
folleto que había recogido en recepción.

¡ESTA NOCHE!

FIESTA EN LA PISCINA

¡COMIDA! ¡JUEGOS! ¡MÚSICA!

¡DIVERSIÓN FAMILIAR GARANTIZADA!

A ninguno de nosotros le hacía la menor ilusión
asistir a una fiesta en la piscina, pero mamá dijo
que era justo lo que necesitábamos.

Todos sabíamos que cuando a mamá se le mete
una idea en la cabeza no hay manera de sacársela.
Además, ese día había hecho mucho calor, así que
no nos vendría mal refrescarnos durante unas horas.

Mamá se había olvidado de comprar cubiertos de
plástico, así que me envió a comprarlos. Estaba un
poco inquieto por si alguno de los adolescentes me
veía por el camino, así que quería ir y volver tan
rápido como me fuera posible.

Pero me detuve cuando Marcus Normal me llamó
desde el lugar donde nos escondimos ayer.

Marcus Normal me contó que por la mañana habían empezado a aparecer unos carteles por todo el camping y me enseñó uno que había cogido de la lavandería.

En cuanto vi el cartel, supe que era una TRAMPA. Le dije a Marcus Normal que el director del camping solamente trataba de pillar a los autores del desastre de la cafetería, y que usaban el helado como CARNADA. Le dije que no cayera en la trampa y que advirtiera a los OTROS muchachos para que tampoco mordieran el anzuelo.

Pero me respondió que ya era demasiado TARDE. Porque cuando aparecieron los primeros carteles, Tetrabrik y los demás se fueron directos a recepción con sus pistolas de agua.

Marcus Normal dijo que él habría ido CON ellos, pero que había ido a su caravana para recoger su pistola de agua y cuando llegó a recepción para reunirse con el grupo, las puertas ya estaban CERRADAS.

Así que Marcus Normal se había subido a un cubo de basura para mirar a través de la ventana y observar lo que estaba pasando. Y lo que vio fue DEPRIMENTE.

Resultó que no había NINGÚN helado. El director del camping no paraba de gritarles a los chicos y les ordenó que limpiaran cada pulgada de la cafetería, y que lo hicieran con un CEPILLO DE DIENTES.

Supongo que a Tetrabrik no le gustó nada cómo sonaba eso, así que le dijo al director que todo había sido un MALENTENDIDO.

Dijo que él y los demás se habían visto arrastrados a la pelea y que solo seguían las órdenes de su líder. Y cuando el director del camping le preguntó el nombre del cabecilla, Tetrabrik puso la cabeza del novato en bandeja de plata.

Supongo que el director del camping no estaba convencido, porque después de dejarlos marchar a casi todos, obligó a Tetrabrik a buscar con él a ese tal Jimmy Dogfish puerta por puerta.

No quería estar en MI caravana cuando llegaran, así que cuando regresé a nuestra parcela, les dije a todos que teníamos que comer rápido para ir a la fiesta de la piscina.

Suponía que la piscina era el único lugar SEGURO del camping, pero al llegar allí, comprendí hasta qué punto estaba equivocado.

Al parecer, la combinación de la música a todo dar con el horario nocturno había alterado a la gente en exceso. Y no solo a los chicos, sino también a los adultos.

Un grupo de padres había convertido la parte baja de la piscina donde se da pie en un enorme REMOLINO.

Alguien había engrasado el tobogán con
mantequilla, así que la gente se deslizaba por él
a la velocidad de un cohete.

En una pantalla gigante cerca de la parte
profunda de la piscina proyectaban una película.
Quien la escogió podría haberse molestado en
buscar algo que fuera un poco más familiar.

¡AAAAAAHHHHH!

Mamá ni siquiera prestaba atención a lo que
sucedía en la piscina. Había un montón de
actividades en el área de césped y quería que
participáramos en absolutamente TODAS.

Toda la familia formó equipo en el concurso de hacer explotar globos, pero quedamos últimos porque Manny no pesaba lo suficiente como para reventar el primer globo.

Mamá obligó a papá a participar en una competencia de barrigones, pero no pasó de la primera ronda.

Manny tomó parte por su cuenta en un concurso de comer perritos calientes. No tenía ni IDEA de que ese chiquito pudiera tragar tanta comida.

Rodrick y yo competimos en una mareante carrera de relevos, donde el concursante tenía que girar cinco veces alrededor de un bate de béisbol y luego pasarle el turno a su compañero. Jugábamos contra dos tipos que acababan de participar en el concurso de los perritos calientes, así que las cosas se COMPLICARON.

Mamá intentó que participara en un concurso de baile de parejas madre-hijo, pero no había dinero en el mundo para convencerme de hacer algo ASÍ.

Me apunté a la competencia de comer tartas porque pensé que tenía posibilidades de GANAR. Pero al mismo tiempo se celebraba un concurso de barrigazos y me tocó el asiento más cercano a la piscina.

CHOOOFFF

Hablando del concurso de barrigazos, demasiados participantes se subieron al trampolín al mismo tiempo, y no estaba hecho para soportar tanto peso.

Cuando terminaron las actividades de la fiesta, mamá nos pidió a todos que nos metiéramos en el agua para darnos un chapuzón en familia.

El problema era que la piscina estaba llenísima y nadie estaba nadando. La única gente que lo pasaba bien era la que llevaba BALSAS.

Pero todas estaban ocupadas y no parecía que nadie quisiese ceder la suya.

Entonces mamá localizó un enorme flotador vacío en medio de la piscina. Era tan grande que debía de haber sido un neumático de AVIÓN o algo parecido. Así que nadamos hacia él antes de que alguien se apropiara de él.

El neumático era tan grande que no había manera de subirse a él, pero con un poco de trabajo de equipo, al final lo conseguimos.

Cuando por fin estuvimos todos dentro, descubrimos por qué estaba ABANDONADO.

Después de que nos tiraran del neumático gigante, mamá se cansó de la fiesta en la piscina y yo me sentí mal porque sabía cuánto deseaba ella que esa noche hubiera sido especial.

Había más gente que también se marchaba, pero aún quedaban rezagados que llegaban en ese momento. Y algunos de ellos me resultaban FAMILIARES.

Toda mi familia salió de la piscina, pero yo decidí quedarme allí quieto. No sabía si los adolescentes me reconocerían o no, pero no quería correr RIESGOS.

Todavía quedaba un montón de gente en la piscina, así que no me resultó difícil esconderme. Pero cuando los adolescentes se metieron en el agua, era imposible que no me vieran.

La situación se COMPLICÓ mucho más cuando se presentaron en la fiesta las siguientes dos personas.

Sabía que el director del camping me BUSCABA. Así que decidí nadar en la única dirección que podía: hacia ABAJO.

Bajé al fondo de la piscina y me senté allí. Pensaba QUEDARME ahí abajo todo el tiempo que hiciera falta.

Ya me estaba empezando a quedar sin oxígeno cuando sucedió algo EXTRAÑO. Se produjo un destello de luz, como si alguien hubiera tomado una foto debajo del agua. Y entonces todo el mundo comenzó a salir de la piscina.

Diez segundos después, se había vaciado y solo quedaba YO. Y entonces fue cuando subí a la superficie.

Lo primero que noté fue la LLUVIA, un verdadero chaparrón. Luego los RELÁMPAGOS iluminaron el cielo, y eso explicaba por qué la gente se había largado a toda prisa.

No había ni rastro de los adolescentes y Tetrabrik, y tampoco de mi FAMILIA. No quería morir electrocutado, así que supuse que lo mejor sería salir volando de allí.

Dejé la zona de la piscina y me dirigí a la caravana, pero con la oscuridad y la lluvia resultaba difícil ver por dónde iba.

Hubo una INMENSA explosión de luz y sonó como si algo hubiera caído muy cerca.

Entonces la sirena antiaérea comenzó a sonar en el pabellón, y todo se volvió todavía más ESTRESANTE.

Comprendí que si me quedaba allí fuera, algún rayo me dejaría FRITO, pero nadie me quiso dejar entrar en su caravana de lujo.

Al final logré llegar a la nuestra. Y cuando abrí la puerta, toda mi familia estaba allí.

Mamá dijo que había pensado que yo había salido corriendo a la caravana cuando empezó a llover y que era un MILAGRO que siguiera vivo.

La verdad es que yo pensaba lo mismo que ella.

Esa tormenta había llegado en el momento perfecto y casi podría afirmar que era obra de un poder superior.

O tal vez se trataba de una inmensa BROMA cósmica.

Porque si puedo extraer alguna enseñanza de lo sucedido esta noche, es que Dios tiene sentido del HUMOR.

<u>Miércoles</u>

Si alguna vez se han preguntado qué se siente cuando te rocía una mofeta, les puedo contar la experiencia de primera mano. Es como si te quedaras CIEGO y los ojos te arden hasta volverte LOCO.

Así que tienes que lavártelos rápidamente con agua, si tienes la suerte de tenerla a mano.

185

Cuando recuperas la vista, empiezas a notar el OLOR, que es como una mezcla de huevos podridos y de animal atropellado en avanzado estado de descomposición. Y no solo lo HUELES, también lo SIENTES en el paladar. Pero lo mejor es que DE ENTRADA no te rocíen.

Uno de los libros de la tienda del camping tenía un capítulo dedicado a qué hacer en caso de que una mofeta te rocíe. Pero no ayudaba mucho, porque no podíamos comprar ninguno de los ingredientes necesarios hasta que la tienda del camping abriera por la mañana.

SI TE HA ROCIADO UNA MOFETA

Ser rociado por una mofeta no es agradable. Si te sucede, esto es lo que puedes hacer para quitarte el olor:

- Llena una bañera de agua caliente, añade 5 l de peróxido de hidrógeno al 3 %, 20 cucharadas de bicarbonato y 10 de lavavajillas.
- ¡Lávate, enjabónate, enjuágate y repítelo tantas veces como sea necesario!

Sabíamos que no habría modo de dormir con el olor de la mofeta, así que intentamos encontrar algo para disimularlo.

Por suerte, había un montón de sobres de mostaza y kétchup en uno de nuestros cajones, y los usamos para untarnos enteros. Manny encontró un frasco de colonia del tío Gary entre los cojines de los asientos, pero todo eso olía casi tan mal como la MOFETA.

CHUF

PSST

Pasamos una noche terrible y, cuando nos despertamos por la mañana, nos dimos cuenta de que no éramos solo NOSOTROS los que apestábamos. Apestaba todo lo que estaba dentro de la caravana.

Tuvimos que vaciarla por completo. Y estaba claro que tendríamos que tirarlo casi todo, sobre todo la COMIDA.

Mamá me dio dinero y me envió a la tienda del camping para que comprara los ingredientes del remedio antimofetas y algunas provisiones. Pero cuando estaba de camino hacia allí, noté que algo no iba BIEN.

Cuando llegué a la tienda, toda la comida se había ACABADO y las estanterías estaban prácticamente vacías. Tuve suerte de que aún quedara algo de peróxido de hidrógeno y de bicarbonato, porque si hubiera llegado unos minutos más tarde, probablemente alguien se los habría llevado también.

Traté de preguntar qué estaba sucediendo, pero supongo el kétchup y la mostaza que me había untado ya no camuflaban el olor a mofeta.

Justo después de pagar e irme de la tienda, me encontré con Popó, que ni siquiera pareció NOTAR mi olor.

Me contó que la gente había perdido la cabeza porque anoche un rayo cayó sobre el puente que conduce al camping y una sección del puente había quedado totalmente DESTRUIDA.

Añadió que el camión que trae los suministros no había podido llegar, lo que explicaba por qué la gente estaba arramblando con todas las existencias.

Ahora era yo el que tenía un ataque de pánico.
Porque si nadie podía ENTRAR al camping, eso
significaba que nadie podría SALIR.

Volví corriendo para contarles a mamá y a papá
lo que pasaba, pero nuestros vecinos se habían
despertado y, al parecer, no les gustaba mucho el
olor que desprendíamos.

Informé a mamá y a papá de la situación del
puente. Mamá dijo que lo importante era que no
cundiera el PÁNICO, porque eso nunca ayuda.
Y añadió que nuestra prioridad era deshacernos
de ese MAL OLOR.

Según las instrucciones, había que verter el bicarbonato y el peróxido de hidrógeno en una bañera caliente, pero no parecía que hubiera muchas bañeras en el recinto. Así que usamos lo más parecido. Y resulta que a los perros tampoco les gusta el olor a mofeta.

Debimos de estar como una hora en remojo dentro del jacuzzi. Pero durante el tiempo que nos llevó restregar nuestros cuerpos y limpiar nuestra ropa, el camping se había vuelto COMPLETAMENTE LOCO.

Empezó con el AGUA. Cuando se agotaron las botellas de agua de la tienda, la gente usó el grifo de la recepción para rellenar sus bidones.

Sin embargo, algunos cogieron más agua de la que necesitaban y dejaron SECO el pozo.

La gente sacaba el agua de cualquier parte donde pudiera ENCONTRARLA.

Las cosas empezaron a ponerse REALMENTE feas cuando la gente se quedó sin monedas para las duchas.

Así que ahora el menudo valía su peso en ORO y supe de una mujer que había vendido su anillo de boda por setenta y cinco centavos.

Algunos individuos, frustrados porque no tenían monedas, saquearon las máquinas del SALÓN RECREATIVO.

Lo siguiente fue la lavandería. Y supe que el camping iba a apestar en cuanto nos quedáramos sin ropa limpia.

A alguien se le ocurrió la brillante idea de sacar agua directamente del depósito de plástico que había sobre las duchas.

El depósito cayó del tejado y rodó colina abajo. Perdió la mitad del agua que contenía antes de detenerse en una de las fosas para lanzamiento de herraduras. Entonces la OTRA mitad se vació sobre la arena.

GLU
GLU
GLU

La gente estaba REALMENTE aterrorizada y trataba de recuperar toda el agua posible, pero el fondo de la fosa se había convertido en ARENAS MOVEDIZAS y hubo que RESCATAR a algunas personas.

RRRRRR

Cuando se acercaba la hora de comer, todos empezaron a tener HAMBRE. Algunos tenían suficiente comida para resistir varios días, pero los demás pensaban aprovisionarse en la tienda del camping.

Ahí fue cuando empezó LA LOCURA.
Una turba asaltó la cafetería y un tipo robó un enorme saco de comida de la zona de mascotas.

Los animales debieron de intuir que todo se estaba desmandando, así que empezaron a formar MANADAS.

Y cuando uno de nuestros vecinos encendió la parrilla para cocinar unas hamburguesas, se encontró con una jauría al acecho.

Algunos individuos devoraron las sobras de los perritos calientes de la fiesta de la piscina, y la pandilla de adolescentes de la colina recuperaron parte de la munición de su tirachinas.

Yo tenía más MIEDO que hambre. La gente hace locuras cuando está desesperada y no sabía si la cosa podría ir a peor. Así que continué sin camiseta para enseñarle a todo el mundo que ahí apenas sobraba CARNE.

Mi otra preocupación era el TIEMPO. El teléfono de papá decía que por la noche iba a caer otra tormenta, y eso era lo ÚLTIMO que este lugar necesitaba.

 Alerta

Riesgo de chubascos tormentosos hasta las 9:00 a. m.

Mamá dijo que a todo el mundo le había dado por EXAGERAR, que ya repararían el puente por la mañana y todo volvería a la normalidad.

Pero cuando cayó la noche, las cosas no podían estar PEOR. La turba volcó una de las caravanas de lujo, convencida de que sus propietarios acaparaban latas de comida y papel higiénico. Incluso mamá tuvo que admitir que la situación era muy SERIA.

Ahora TODOS queríamos escapar de allí, pero a nadie se le ocurría CÓMO. Y entonces fue cuando pensé en el ARROYO.

Había recordado que había una parte muy POCO PROFUNDA y dije que podríamos conducir la caravana por encima de las rocas y cruzar al otro lado.

Creí que todos me dirían que era una idea estúpida, pero cuando oímos cómo volcaban una caravana a dos parcelas de la nuestra, decidimos hacer LO QUE FUERA.

No queríamos atraer la atención arrancando
el motor de la caravana, así que la empujamos
fuera de la parcela y la orientamos colina abajo.
Y una vez hecho, la caravana empezó a
MOVERSE.

El único problema fue que nos olvidamos de desconectar
el tubo de la alcantarilla antes de empezar, y eso
provocó un DESASTRE en nuestra parcela.

Pero ya no podíamos volver atrás y, cuando la caravana comenzó a ganar velocidad, todos nos subimos a bordo.

Rodamos con el motor apagado hasta llegar al pie de la colina, donde el lago vertía las aguas en el arroyo. Y cuando estuvimos lejos de todos, nos pareció seguro arrancar el motor.

Mantuvimos los faros apagados, porque no queríamos que nadie nos VIERA, pero eso hacía difícil localizar el punto menos profundo del arroyo.

Ahora había empezado a LLOVER, y cada vez caía más y más agua, pero cuando encendimos los faros conseguí encontrar el sitio donde el arroyo era poco profundo.

Papá pisó el acelerador. Avanzábamos muy despacio, y por un momento pareció que podríamos cruzar al otro lado sin problemas.

Pero cuando llegamos al medio del arroyo se produjo un sonido espantoso y la caravana encalló en una roca.

Nos habíamos quedado atascados sobre una enorme ROCA y algo de la caravana se soltó. No soy un experto en autos ni nada por el estilo, pero fuera lo que fuera aquello, parecía una pieza bastante IMPORTANTE.

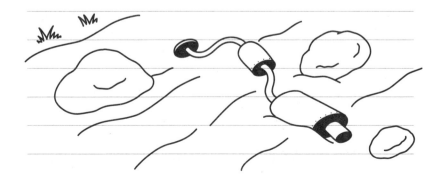

Pero aquel era el MENOR de nuestros problemas.
La lluvia había ARRECIADO y de pronto el
arroyo había dejado de ser poco PROFUNDO.

Ahora la conexión con el alcantarillado quedaba por
DEBAJO del agua y esta no tardaría mucho en
entrar en la caravana.

El caos del baño se extendió por el salón y
trepamos para alejarnos del suelo. Quedó claro que
no podíamos quedarnos en la caravana, así que
intentamos SALIR, pero la corriente del arroyo
era tan fuerte que no era SEGURO abandonar el
vehículo.

El interior de la caravana se estaba llenando de
agua y tuvimos que subir todavía MÁS ALTO.
Rodrick se encaramó al techo, y luego nos ayudó
a ponernos a salvo.

Pero cuando ya estábamos en el techo, la caravana empezó a GIRAR.

El arroyo se había desbordado y la caravana se desencalló de la roca en la que se había atascado. Cinco segundos después, flotábamos corriente abajo.

Nos dirigíamos al PUENTE. Si nos quedábamos en el techo donde estábamos, nos arrancaría la CABEZA de cuajo.

Entonces reparé en que algunos cojines de los asientos de la cocina habían salido flotando por la puerta lateral. Salté de primero y los demás siguieron mi ejemplo.

CHOOOFF

La única persona que no saltó fue MANNY. Había vuelto al interior de la caravana y estaba sentado en el puesto del CONDUCTOR.

Todos los demás estábamos asustados. La caravana estaba a punto de colisionar contra el PUENTE.

Pero en el último momento, Manny dio un volantazo muy brusco a la derecha y el vehículo empezó a GIRAR. Y cuando alcanzó el puente, la caravana se quedó completamente encajada en él.

Sin embargo, Manny aún no había TERMINADO. Sacó algo de la guantera y luego disparó la pistola de bengalas por segunda vez en lo que iba de viaje.

Aunque aún llovía a cántaros, la luz de la bengala iluminó el firmamento. Al cabo de unos minutos, divisamos faros de autos que acudían en nuestra dirección. Al principio pensé que se trataba de una partida de RESCATE, Pero al llegar al puente, se limitaron a seguir ADELANTE.

El desfile de vehículos tardó toda una HORA en cruzar al otro lado.

Y cuando la última motocicleta cruzó el puente y desapareció, lo único que se oía era la lluvia.

Sábado

El camping se había vaciado, y nosotros éramos los
únicos que QUEDÁBAMOS. Con toda la gente fuera,
por fin pudimos pasarlo bien y, por primera vez,
El Edén del Campista hizo honor a su NOMBRE.

En efecto, lo que necesitaba ese lugar para convertirse
en el paraíso era que todo el mundo se LARGARA.

Dos días después de la tormenta, el camión del
reparto llegó para abastecer la tienda del camping.
Y esa noche cenamos como REYES.

También disponíamos de todo el lago para nosotros solos. Y como el nivel del agua había subido, pudimos disfrutar DE LO LINDO.

ESPLÁS

No quisiera parecer cursi ni nada por el estilo, pero al final conseguimos REUNIR unos cuantos recuerdos felices allí.

Solo me gustaría señalar que yo tenía razón, porque había hecho falta un milagro para que eso sucediera.

Pero no tengo claro que tengamos que pasar por un DRAMA así para poder pasarlo bien. La próxima vez que hagamos algo en familia, nos bastará con hacer algo ABURRIDO, como jugar al minigolf.

Estoy deseando volver a casa para poder contarle a Rowley mis vacaciones, aunque seguramente omita los episodios que no fueron tan geniales.

Y puede que cambie algunos detallitos sin importancia, porque nunca debemos permitir que la verdad estropee una buena historia.

AGRADECIMIENTOS

Gracias a todos los fans que han hecho realidad mi sueño de convertirme en escritor y dibujante. Gracias a mi mujer, Julie, y a toda mi familia por animarme en vísperas del plazo de entrega.

Gracias a Charlie Kochman por ser mi compañero y cómplice todos estos años, y por su dedicación e implicación en los libros. Gracias a toda la gente de Abrams, entre ellos a Michael Jacobs, Andrew Smith, Hallie Patterson, Melanie Chang, Kim Lauber, Mary O'Mara, Alison Gervais y Elisa Gonzalez. Gracias también a Susan Van Metre y a Steve Roman.

Gracias al equipo de Wimpy Kid (¡Shae'Vana!): Shaelyn Germain, Vanessa Jedrej y Anna Cesary. Gracias a Deb Sundin, a Kym Havens y al increíble personal de An Unlikely Story.

Gracias a Rich Carr y a Andrea Lucey por su excelente apoyo. Gracias a Paul Sennott por sus sabios consejos. Gracias a Sylvie Rabineau y a Keith Fleer por todo lo que hacen por mí. Gracias a Roland Poindexter, Ralph Millero, Vanessa Morrison y Michael Musgrave por traer aires nuevos al mundo Wimpy.

Y, como siempre, gracias a Jess Brallier por su amistad y apoyo.

SOBRE EL AUTOR

Jeff Kinney es autor de libros superventas y ha ganado en seis ocasiones el Premio Nickelodeon Kids' Choice al Libro Favorito. Jeff está considerado una de las cien personas más influyentes del mundo, según la revista *Time*. Es también el creador de Poptropica, que es una de las cincuenta mejores páginas web, según *Time*. Pasó su infancia en Washington, D. C. y se mudó a Nueva Inglaterra en 1995. Hoy, Jeff vive con su esposa y sus dos hijos en Massachusetts, donde son propietarios de una librería, An Unlikely Story.